KB203785

산사에서 들려오는
숨어 우는 바람소리

산사에서 들려오는 숨어 우는 바람소리

월송 스님 시집

바람

푸른 하늘처럼
투명하고 맑은
그런 사람이 되고 싶다

시원한 숲길을 거닐며
바람처럼 살고 싶다

살아오면서
발길에 채이는 돌처럼
응어리진 설움을
불어오는 바람에
날려 버리고

언제 어디서나
흔적 없이 떠날 수 있는
바람이었으면 좋겠다

봄의 향연

죽은 듯
미동하지 않던 나목에
훈풍이 스치면

가지 끝으로
잔뜩 부풀어 오른
소담스런 목련
순백의 순결함으로 다가오고

이제 막 부화한
노오란 병아리떼처럼
이 봄을 깨우는 개나리꽃을

가슴에서 얼굴로
붉게 달아올라
온 산을 붉게 물들이는
참꽃 무리들

강 따라 물결 머금고
뽀얀 새순 하나둘
쏘옥 쏘옥–
갈대의 푸르름이 움트는 계절

소유욕

세상 사람들은
고민 속에서 산다

가진 것이 너무 많아
가진 것만큼
고민 속에 묻혀 살고

가진 것이 너무 없어
못 가져서 고통스럽게 산다

구름이 뭉게구름이면
바람 따라 멀리 떠다니지만
비를 머금은 검은 구름은
멈춰 서서 비를 뿌리듯이

가진 것이 많으면
삶이 무거워서
진정한 자유를 얻지 못한다

가을

가을은
풍요와 넉넉함으로 다가와
사색과 비움으로
우리 곁을 떠난다

가을은
사람들의 마음을
한없이 쓸쓸하게 한다

그저 바라만 봐도
사색이 많아지는 계절

떨어지는 낙엽이 그러하고
부는 바람이 그러하고
무심히 흐르는 강물이 그러하다

다가오는 것보다
떠나가는 것이 많아서일까

이런 때면
사랑하는 연인에게 편지를 쓰고
예쁜 단풍잎 곱게 담아
함께 띄워 보내고 싶다

애수

시린 새벽 하늘
손톱달 이즈러지고

대숲 섬돌을 쓸어내리는
바람 소리에
선잠을 깬 들고양이

온종일 지저귀던 산새들은
다~ 어디로 가고

뜨락엔 적막이 감도는데
소슬한 바람결 속에
그리움은
더욱 큰 아픔으로 다가오고

가슴 저미는 애끓음은
그대를 향한 몸짓인가

강

졸졸졸 흐르는
개울물 따라

계곡은 늘
바람을 품고 산다

그 물길 따라
이 골물 저 골물 합수되어
벼랑 끝을 지나면

삼단 같은 폭포 만들고
너럭바위 돌아서
여울 만들고

산세 누그러진
들판에 들어서면

어느새
어미품 같은 강물이 된다

만추

가을 산이
외롭고 쓸쓸해
늦바람이라도
피우고 싶어서일까

줄지어
미장원에라도 다녀온 듯
머리에 오색물감을 들이고
예쁘게 치장을 하고 있다

가지 끝으로
불어오는 바람은
아직은 때가 아니라고
바둥대는 낙엽을
사정없이 흔들어

활개를 치며
창공을 날아오른다

내게도 바람이 불어와
마음속에 벽을 허물면
집착이라는 응어리를
날려 보낼 수 있을까

인연

찌는 듯한 여름
삼복의 더위는
세상의 모든 욕망을
불 태우 듯

온몸을 배배 꼰 백일홍은
붉은 혼으로 흐트러져
살랑이는 바람 타고
꽃비로 내려 앉는다

채워도
채워지지 않는 그리움
씻겨 떠내려가는 모래알처럼
아픔으로 다가오는 잔영은

그렇게 썰물처럼
상처로 휩쓸고 간다

보고 싶음에

느끼고 싶음에
시리도록 벅찬 가슴으로

너 앞에 선 나는
평정심마저 놓아버렸다

전생에 우린
무슨 인연이었기에
이렇게 밀고 당기면서
서로를 애틋하게 할까

산새 소리

산새들 소리를 들으면
기분이 참 좋다

이른 새벽부터
산속을 오가면서
지저귀는 참새떼들

화려한 옷을 입고
우아한 몸짓으로
집을 짓는 딱따구리 소리

까만 연미복에
흰 목도리 하고
사람들에게
좋은 소식 전해주는 까치 소리

적막한 밤
은은하게 울려 퍼지는
밤 부엉이 소리

짝을 찾아 헤매다
숨넘어가는
소쩍새의 애끓는 소리

자연의 속삭임에는
그침이 없다

무지개

무엇이
이토록 화려한 색깔로
조화롭게 꾸며낼 수 있을까

콤파스로 그린 듯
반듯하게
구름다리를 만들고
영롱한 빛깔로
하늘 끝자락을 수놓고 있다

비 온 뒤
살짝 해가 비치면
금세 나타나는 무지개

아이들에게는
꿈과 희망을
노래하게 하고

우리들에게는

어릴 때 잊혀져가는
동심의 세계를
떠나보내게 한다

까치와 호랑이

옛날 옛날에
오랜 옛적에

까치와 호랑이는
연인 사이였는지도 몰라

산중호걸이라는 호랑이가
조그마하고 가냘픈 까치와
어떻게 친해질 수 있었을까?

아마도 까치는
날개가 있어
하늘을 마음대로
날아다닐 수 있고

호랑이는
온 산중을 호령하는
용맹함을 가졌으니
서로의 좋은 점을 부러워했을 거야

민화에서 나오는 호랑이는
용맹스럽고 사나운 동물이 아니라
나이 지긋한
인자한 할아버지처럼
온화한 모습이다

그래서 까지는
산중호걸인 호랑이를
좋아했나봐

눈

이른 아침
창밖을 보니
온 천지가 순백으로 변했다

간밤에
싸락눈이 왔나보다

뽀드득 뽀드득
아무도 밟지 않은 도량을
거닐어본다

인기척에 뒤돌아보니
뚜벅뚜벅
같이 따라온 발자국들

잠시
동심에 젖어보며
눈뭉치를 굴리고는
눈사람을 만든다

얼마 만인가?
내 나이 육십이 넘어
아이로 돌아간 한나절이다

휴대폰

손바닥보다 작은 기계 하나로
서로에게 안부를 묻고

지구상의 모든 볼거리와
궁금한 모든 것을
찾을 수 있고 가르쳐주는
척척박사로
선생님이다

2, 30년 전만 해도
값비싼 가격에
수요가 많지는 않았지만

정작 만든 사람도
꿈꾸지 못했던 휴대폰이
이젠 모든 사람들의
생활필수품이 되었다

여기저기서 들리는

전화 벨소리
통화음 소리 소리 소리들

이런 날에는
아날로그로 다시 돌아가
공중전화 부스 안에서
동전을 넣고
다이얼을 돌리고서
느림의 미학을 느껴보고 싶다

산사의 새벽

새벽 녘
서편 하늘에 비껴선 달빛이
간밤에 내린 이슬을 머금고
영롱한 보석처럼 아른거린다

세상은 고요 속에 묻히고
불어오는 바람은
차갑고 또 상쾌하다

잠을 청해 보지만
정신은 더욱 또렷해지고
책을 펼쳐 보지만
글씨는 눈에 들어오지 않는다

오히려
상념만 커질 뿐~

잠 못 이루는 이내 마음 아는 듯
멀리 밤 부엉이 소리

아련하게 들려오고

추녀 끝에 매달린
풍경 소리가
번뇌만큼이나 큰 울림으로
내게 다가온다

바둑 이야기

네모반듯한 판을 마주하고
희고 까만 돌을 가리고서
점잔을 빼고는
인사를 나누는 것도 잠시

서로의 땅을
많이 차지하기 위해
치열한 전투를 벌인다

예부터 바둑은
신선놀음이라고
천상의 사람들이
유유자적하면서
하던 놀이였다는데

지금은
고액의 상금까지 걸어놓고
국가 대항전까지 벌이는
경기가 되버렸다

천상에서 신선들이
아래 인간세상을
내려다보고 하는 말

허 허 참~

옹달샘

인적 뜸해
아무도 밟지 않은 곳

산짐승들만이 뛰노는
깊은 산골

그곳에
옹달샘이 다소곳이 숨어 있다

푸른 이끼 사이로
실개천이 흐르고

산더덕 녹아 스며들고
산야초 뿌리 삭혀져
보약 같은 옹달샘

언제나 달이 머물고
별리 발을 담그고
바람이 잠을 청하는 곳

이따금 인기척을 깨고
고라니 토끼 노루 등
산짐승들이 갈증을 달래려
찾아오는 곳

깊은 산속 옹달샘

봄날

따스한 봄날에
목련꽃 움틔우는
아지랑이 피어오르고

숲속에서 지저귀는
산새 소리 요란하다

여기저기서
새순 돋아나는 소리
쏘옥 쏘옥~
들리는 듯 하고

들판은 연초록으로
번져 나간다

밤이 되면
영롱한 별빛 내려와
내 마음속까지
아련해진다

벚꽃 만개하던 날

온 세상이
연분홍으로 물든 날

시샘하던 봄바람이
사정없이
벚꽃나무를 뒤흔든다

옷깃만 스쳐도
가냘픈 꽃잎들은
툭~ 떨어지지만

불어오는 야속한 바람은
막을 길 없어
온 도량을 흩날리고 있다

마치~
연분홍 꽃비가 내리는 듯
마당에 벚꽃이
가득 피었다

여백의 미

그림을 그리다
미처 못다 그리고 만 듯

어딘가 허전하고
비운 듯한 모습이
바로 여백이다

밖으로 드러내는 아름다움보다
안으로 스며드는 다소곳한
아름다움이 그러하다

많음보다는
적음을 이야기하고
넉넉함보다는
부족함을 표현하는 기법이지만

세상을 살아가는
우리들에게

빠듯한 삶보다는
여유를 가지고 살라는
교훈을 주는 얘기이다

그리움

창호에 스며드는 달빛
고요한 새벽

어디서 날아왔는지
형광불빛
반딧불 하나

귀뚜라미 소리
쓰르레기 소리
처얼썩 철썩~

가을 깊어가는 소리
겨울 다가오는 소리

사무치게 그리움이
떠오르는 지금

여행

선들 선들
가을바람이 불어오면
어디론가 훌쩍
떠나고 싶어진다

여행은
목적지 없는 방랑이다

훌륭한 여행자는
어디로 가는지
어디서 왔는지도 모른다
목적지를 정해둘 필요도 없다

그냥 자유분방하게
발길 닿는 대로
바람 불어오는 대로
떠나는 게 진정한 여행이 아닐까

여우비

미륵산 중턱에
검은 구름이 모였다

이런 날엔
꼭 비가 온다고 했는데

역시나
찬바람이 일어나더니
비가 내린다

푸르른 녹음이
좋다고 반기는지
사지를 떨고

계곡은
박수치는 소리처럼
소란스럽다

시원하게 한줄기

퍼붓기도 잠시
벌써 저쪽이 훤해지면서
햇살이 비쳐 나온다

지나가는 비였나
여름날의 변덕이라니

사계

고추잠자리 붉게 타들어가는
오후의 햇살이 정겹다

숲으로 낙엽 구르는 소리
서걱 서걱 하고
계곡 물소리는
더욱 맑고 투명하게 들린다

거추장스런 이파리들을
부는 바람에 날리우고
알몸으로 긴~
겨울채비를 하고 있는 나목들

자연의 질서는
봄이면 꽃피우고
여름이면 초록으로 잎 무성하고
가을이면 예쁜 단풍 들어
온 산을 물들이고
겨울이면 눈 내려서

또 다른 순백의 세상을 연출한다

누가 시키지 않아도
누가 참견하지 않아도
자기 스스로 다가설 줄 알고
물러설 줄 아는
자연의 조화요 섭리이다

삭막한 세태

현대인들의 가슴은
까만 아스팔트로
포장되어간다

마음이 빈곤하면
세상이 삭막해지고
생명의 싹이
움트지 않는다

사랑이 싹트는 것도
가슴이며
다정한 눈빛도
가슴이고
정겨운 말 한마디도
가슴이며
환희에 찬 기쁨도
가슴이고
벅찬 눈물도 가슴이 움직여야
가능한 일이다

하지만
요즈음 세태를 보면
아스팔트로 포장된 마음에
덧씌우기를 한 듯
점점 더
메말라가는 세상이다

좋은 세상

사람과 사람 사이를
갈라놓는 것은 벽이다

그 벽을 허물고
이어주는 것은 다리이다

벽은
탐욕과 시기심
미움들로 인해 두려워지고

다리는
믿음과 사랑
그리고 배려로 인해
더 튼튼해진다

다리는
활짝 열린 마음끼리
만나는 길목이다

좋은 세상이란
사람과 사람 사이에서
사랑과 믿음과
사랑의 다리로 놓여진
그런 세상이다

첫사랑

사람들은
첫사랑을 잊지 못한다

어릴 때 그 마음
때묻지 않아
그만큼 순수하고
아름다운 관계이기 때문이다

첫사랑은
초승달 같은 애틋함이요
보름달 같은 푸근함이 있다

그래서 지금도
첫사랑 얘기를 하면

아직도 마음이 설레고
가슴이 먹먹해진다

유유상종

산과 강
해와 달
그리고 하늘과 구름은
주인이 따로 없다

세속에 욕심이 없고
마음이 착한 사람이면
누구나 주인이 될 수 있다

유유상종이라고
생명이 있는 모든 것은
끼리끼리 어울린다

사람들도
자연을 벗삼아
오순도순
여유롭게 살면 좋겠다

다향

가을엔
차맛이 새롭다

여름의 눅눅한 기운이 지나고
밝고 선선한 바람이 불어오면
차 향기고 새롭다

오늘처럼
청명한 날씨
소슬한 바람
쏟아지는 햇살

그리고 차 한잔

가만히 앉아서
멍~ 때리고 싶은
한나절이다

출가자의 변

난 출가한 스님이다
은사 스님과 계사 스님도 있고
법명도 받았다

하지만
일반 스님들이 반드시
거쳐야 하는 몇 가지 과정을
거치지 않고 스님이 되었다

행자 시절이 그러하고
사미 시절이 그러하고
하안거 동안거 생활도
겪지 않았으니
당연히 도반도 없다

그러나
일반 스님들과 또 다른
몇 가지가 있다

초발심자경문과
천수경을 제대로 외우지도 않고
머리를 깎았으며

행자와 사미, 안거생활도
거치지 않고
주지 취임을 하였으니

법도를 엄격하게 여기는
승려의 본분을 보면
선을 넘은 파격이었다

돌아보니
어느새 40년 하고도
몇 년의 세월이 더 지나갔다

강산이 네 번이나 바뀌고
세상을 품에 안고 싶은
야망 있던 청년은

흰머리가 희끗한
노장이 되어간다

그 세월만큼이나
신도님도 늘고
사세도 커졌지만

아직도 부처님 전에만 서면
설익은 과일처럼
부족하고 작아지는
세속적인 중생일 뿐이다

희망

세상은
살아가는 사람들의
생각에 따라
단절된 듯하나

둥글게 둥글게
연결되어 있다

달은 차면 기울고
기울은 달은 다시 차오르듯

오르막이 있으면
내리막이 있고

시작이 있으면 끝이 있고
그 끝이 다하면
다시 시작이다

얼어붙은 대지에
새봄이 오듯
우리의 마음속에도
희망의 씨앗을 뿌려보자

가랑비

이른 새벽
두른두른한 소리에
밖을 보니

촉촉이
가랑비가 내린다

코끝을 스치는
가랑비의 내음은
차가우면서도
신선한 느낌이다

부지런한 산새들은
아침을 열고
산을 깨우고 있다

골안개가
짙게 드리운 계곡은
잘 정돈된 정원마냥

정갈한 모습이다

오늘은
해 뜨지 않을 듯하니
느긋하게
책이나 펼쳐야겠다

감기와 여자

감기는 여자와
꼭 닮았다

감기가 걸렸을 때
살살 다독여주면서
고분고분해 주면
얌전히 있지만

성질이 난다고 호기를 부리면서
밖으로 나돌아 다니면
호기를 부린 만큼
나에게로 부작용이 따른다

씩씩 열을 올리고
사발 깨지는 소리를 하면서
달달 볶고 바가지를 긁는다

감기와 여자는
소중히 다뤄야 할 일이다

수행 정진

솔향기 풋풋한 황톳길을
빛바랜 밀짚모자를 쓰고
걸망 진 수좌가

자기 키보다 더 큰
지팡이를 짚고
수행의 길을 걸어간다

끝이 보이지 않는
그 길을~

초발심을 다짐했던
그 마음
변치 말고 정진하기를…

봉선화

손대면 톡 하고
터질 것만 같은~

마당 한 켠 장독대
돌담 아래서
듬성듬성 피어나는
봉선화

연초록 망태에
까만 씨앗이
보일락 말락 할 때면
봉선화 꽃은 만개한다

분홍색
붉은색
흰색
그리고 보라색으로

저마다의 고운 색깔로

한여름 땡볕을
피워내고 있다

그 옛날
누이들이 봉숭아 꽃잎 따서
손톱에 물들이던 어린 시절

그립고 또 그립다

눈 내리는 날

눈이 내립니다

동이 트는 산골에
하얀 융단을 드리운 듯
콧날 시큰한 찬바람을 몰고

어여쁜 눈꽃들이
고목나무 가지에
소복소복 쌓여갑니다

간밤에
실낱같은 달무리 지더니

오늘
꿈결 같은 눈이
나를 반깁니다

눈이 옵니다

가슴 벌려 맞이하려 해도
손 닿으면 금세 녹아내리는
따스한 어머님의 속삭임 같은
애틋한 눈이 내립니다

이런 날이면
몹시도
어머님이 보고 싶습니다

채송화

작고 앙증맞은 가을꽃
채송화

땅이 좋아
흙내음이 그리워
하늘을 외면하고
땅으로만 퍼져나간다

곱디고운 오색꽃
꽃보다 더 앙증맞은
까만 영롱한 꽃씨들

좁쌀보다 작은 씨앗에서
어떻게 생명이 잉태하는지…

이 자그마한 꽃씨들이
오롯이 싹을 틔우고
더 많은 꽃을 피워
향기를 전하고

풍성한 가을을 보낼 수 있다면
더없이 좋으련만~

버리고 또 버리기

시대를 살아가려는 우리에게
버려야 할 것들이 너무도 많다

지나치다 싶은 권력과 명예욕
더 많이 가지려는 물질욕
허영에 들뜬 사치심
단박에 어떻게 해보겠다는 사행심
오래 살고 싶다는 노욕

이 밖에도 도박 음주 폭행 등등
헤아릴 수도 없이 많다

살아가면서
하나둘씩 내려놓아야 하는데도
물욕은 더 커지는 것만 같고

영양제와 보약을
더 많이 먹는 걸 보면
오래 살고 싶다는 노욕은

버리지 못하고 있는 것 같다

그냥 편한 대로
물 흐르듯 세상을
살아갈 수는 없을까?

부끄럽고
또 부끄러운 내 자신이다

봄비(I)

봄비는
새싹을 움트게 하는
달콤한 속삭임이다

겨우내 동면에 든 씨앗들을
톡톡 두들겨서 깨워주는
봄의 전령사이다

계절은 어김없이
추운 겨울이 지나면
따뜻한 봄이 오는데

지금 내리는
봄비를 보면서

우리들의 언 가슴에도
따뜻한 봄비가
촉촉이 적셔주면
얼마나 좋을까?

마음의 고향

산골 마을에
굴뚝에서 피어오르는 연기가
낮게 깔리면
비가 온단다

멀리 동구 밖에서 내려다보이는
한적한 시골 마을은
농익은 수묵담채화처럼
촉촉이 내리는 비와 함께
포근하고 시정적이다

산골 마을은
그 옛날 어린 시절
동네 개구쟁이들과 함께 뛰놀던
아련한 추억을
떠올리게 하는

우리들의
마음의 고향이다

사랑과 집착

사랑이 지나치면
애착이 되고

애착이 더해지면
집착이 된다

집착은 사랑이 아니라
이기적인 욕망이다

참다운 사랑은
그냥 주는 것이지
주고받는 것은 아니다

그것은
사람과 사람 사이의
거래일 뿐이다

참다운 사랑은
상대방을
언제나 생각하게 하고
언제나 기쁘게 하고
언제나 배려하는 것이다

운수납자

하늘의 구름처럼
강의 물처럼

어디에도 머무르지 않고 흘러가는
출가한 수행승을
부르는 말이다

배낭을 울러메고
만행을 떠나는
스님의 뒷모습을 연상시킨다

구름이 머무르면
비를 내리고
흐르는 물이 고이면 썩듯이

한곳에 오래 머무르면
집착이 생기고
망상이 생기기 마련

그래서
스님들의 임기와 소임도
정해놓고 이동을 시킨다

청정 승가의 본분을
지키기 위해서이다

달빛사랑

살아오면서
밤하늘에 은은하게 빛나는
달을 보는 사람들이
몇이나 될까?

일에 쫓기고
시간에 밀리면서
세상사에 휘말리다보면

하늘 한번 쳐다보기가
쉽지가 않다

햇빛은 밝고 눈부셔서
유리창처럼 화려하지만

달빛은 은은하고 푸근해서
창호지처럼 그윽하다

오늘밤

떠오르는 달님을
두 손 모으고 기다려야지

허영심

여성에게
허영심이 없다면
오아시스 없는 사막처럼
삭막할 것 같지만

세상은 지금처럼
복잡하게 변하지는
않았을 듯하다

화장품 산업도
크게 발전하지 않았을 것 같고
병원의 성형외과와
피부미용 관련 사업도

명품 매장도
짝퉁이란 모방제품도
나오지 않았을 것 같다

어떻게 보면

여성들의 허영심이
미래 산업들을
일으킨 듯하지만

그와 비례해서
남자들의 주름살도
그만큼 늘어난 것도
사실이다

그 옛날
순박한 어머니들의 모습으로
다시 돌아갈 수는 없을까?

분수에 넘치는 허영심은
자기 스스로를
해칠 뿐만 아니라
타락으로 빠져들게 한다

오늘 따라 우리들에게

무소유의 가르침을
일깨워주신
법정 큰스님이
한없이 그립고 또 그립다

새우

당신은
무슨 연유로 태어날 때부터
등이 굽었나요

바닷속 깊은 곳을 다니다가
큰 돌부리에 받혔나요

고래싸움 구경하다
등이 굽었나요

평생 허리 한 번
펴지 못하고
한평생을 보내는 당신이
애처롭습니다

다음 생엔
멸치처럼 뼈대 있는 가문에
태어나길 바래요

작심3일

한 해가 바뀌는
새해가 다가오면
한번쯤 다짐해보는 일

올해만큼은 꼭
이루고 말겠다는
굳은 결심을 한다

건강을 위해서
운동도 열심히 하고
술 담배도 끊고…

수십 년을 다짐했던
일이었건만

한 해를 떠나보내는 지금
바뀐 거라곤 달랑 하나
담배 끊은 게 전부이다

내년엔
무얼 화두로 내걸고
다짐을 할지~

원두막

어린 시절
한여름 방학 때면
동네 개구쟁이들과
수박 참외 서리 다니던
그때 생각난다

누구 밭을 정할지부터
그곳의 경계는 어떨지
정찰조는 누가 맡을지
일사불란하게 작전을 짠다

그래도 들키기는 다반사~

여하튼
즐겁고 재미있었던
추억 서린 곳이다

요즈음은 농촌에도
하우스 재배로

옛날 정취는 사라지고
아이들도 원두막이 뭔지
알기나 할는지

정도 메말라가고
향수도 잊혀져가고
이러다
고향도 사라져버리는 건 아닌지~

그리움

남쪽 바다에서
불어오는 갯바람은
비릿한 짠 내음이 절여 있다

잔잔한 파도가 일렁이는
해조음은

계곡처럼 깊은
그리움을 남기고 떠나버린
여인의 다정한 숨결처럼
애잔하게 다가온다

아름다운 노을 속
먼 산을 바라보는 시린 눈에
짝을 찾는 갈매기
외로이 떠다닌다

결실의 계절

툭 툭~
알밤 터지는 소리
대추 떨어지는 소리
감 떨어지는 소리
수수가 바람결에 부딪치는 소리
낙엽 구르는 소리

가을은
소리의 향연이다

가을은
풍요로운 계절이다

벼이삭이 고개 숙인
황금들녘에 바람이 일면
금빛물결이 출렁이고
풍년가가 울려 퍼진다

광도천의 아침

천개산 우동리 저수지에서
발원하여
광도면 들판을 거쳐
죽림만으로 흘러드는
이 고장 유일의 하천이다

광도천의 아침은
새떼들의 합창으로
요란스럽다

강가에 물안개가
채 걷히기 전에
맨 먼저 무리지어 나타나서
소란을 떨며 먹이를 찾는
청둥오리 떼들

햇살이 퍼져 나오면
백로 한 쌍이
우아하게 내려앉는다

학 다리를 하고 죽은 듯이
꼼짝 않고 서 있다가
지나가는 물고기를
잽싸게 낚아채는 모습이
신비스럽다

저쪽으로
원앙이 떼들 호반새
밀화부리 물까마귀
해오라기 참새 떼들
텃새들까지

광도천의 아침은
새들의 천국이다

연꽃(I)

수렁과 진흙 바닥에서
곱게 피어나지만
더러운 물 한 방울 묻히지 않고
꽃대로 피워 올려
화사하게 피어나는 꽃

오월의 훈풍에
하늘하늘
몸을 맡기고 춤추는
군자의 성품이 느껴지는 꽃

오염된 흙탕물을
맑게 정화시켜
청정 본심으로 돌아가게 하는 꽃

처염상정의 꽃
불교의 상징의 꽃
염화시중의 미소를 닮은 꽃

가을 호반

가을의 청량감이 스며드는
호숫가의 통나무집

호반이 내려다보이는
창가에 앉아
진한 커피향을 맡으며
바라보는

깊어가는 가을의 호수와
가을빛에 물든
호반의 나뭇잎과 억새들

호수는 금빛으로 일렁이고
벤치에 앉아 묵상에 잠긴
노신사의 모습에서
망중한을 느낀다

화장실 예찬

들어갈 때 마음 다르고
나올 때 마음이 다르다는
화장실

많은 이름들을 놔두고
하필이면
화장실이라고 불렀는지…

그곳에서
화장을 하는 사람들이
과연 몇이나 될까?

사찰에서는
해우소解憂所라고 불린다
근심걱정에서
해방된 곳이란다

다불유시多不有時 WC
라는 곳도 있다

시간이 많은 듯하나
그 시간은 많지 않다는 뜻이다

지저분하고 악취가 나는 변소를
예쁜 이름으로 승화시킨
화장실 예찬이다

호불호

좋은 것과 나쁜 것
세상은 둘로 판가름한다

사람이 좋나 안 좋나
얼굴이 예쁜가 밉상인가
옷이 메이커인가 싸구려인가
성질이 좋은가 나쁜가
공부를 잘하나 못하나
집이 잘사나 못사나~

이렇게 생각하다보니
내 아니면 모두가 적이 되는 세상

이제
조금씩 양보하면서
두리뭉실하게
살아갈 수는 없을까?

외로움

아지랑이 피어오르는 봄은
사람들의 마음을
들뜨게 한다

그런 봄을
무척이나 좋아했는데

그대 떠난 이 봄은
가을보다
더 외롭고 쓸쓸하다

차라리
추운 겨울이 오면
휑~한 내 마음처럼
잊혀질 수 있을까

사랑의 감성

미소 짓지 마
난 아직 사랑을 몰라

쳐다보지 마
내 맘 아직 정리가 덜 됐어

가까이 오지 마
안으면 어떻게 하려고 그래

손 내밀지 마
더 이상 참을 수가 없어

속삭이지 마
심장이 터질 것만 같아

눈 감지 마
나도 앞이 보이지 않아

첫 경험

살아가면서
처음 시도해 보는 일들이
첫 경험이다

설레고
아련하고
달콤하고
즐거운 일이다

첫사랑이 그러하고
첫키스가 그러하고
첫나들이가 그러하고
첫눈 내리는 게 그러하고
첫걸음이 그러하고
첫작품이 그러하고

이 밖에도
첫 경험은 우리에게
수없이 많이 다가온다

걷고 싶은 숲길

암자로 오르는 숲길은
고향집 어머니 품처럼
온화하고 포근하다

풋풋한 황톳길을 걸으면
흙내음에 아련하고
솔향기에 코끝이 찡~ 하다

맑은 계류가 흐르는 계곡은
산자락 모양 따라
물소리도 다르다

발걸음도 가벼운지
콧노래가 절로 나온다

이 길이 끝나는 어디쯤에
반가운 사람이 나타날 것 같은
까닭 없는 기대감이 생기는 건
나만의 생각일까!

동백꽃

겨울에 피는 꽃
눈 내리는 추운 겨울날이면
시린 눈을 이고
더 붉게 타오르는 꽃

사랑했던 사람을
떠나보내 놓고
목 놓아 울다가
핏빛으로 토해내고서

자신이 목덜미까지 꺾어버린
비운의 꽃

한 떨기 한 떨기
땅에서 다시 피어난
한 서린 꽃

그리움에 지쳐
가슴 저미는 꽃

구절초

시공을 초월하여 들려오는
계곡을 흐르는 물소리
바람소리
밤 벌레 울음소리

깊어가는 가을밤
이지러지는 달빛에
하얀 눈꽃송이 내린 듯
앙증맞은 구절초

찬 서리 맞으면
더욱 애처롭게 피어나는
가을의 전령
순결의 꽃

이름마저 애잔한
구절초라네

구인 광고

초라한 복색의 중년이
전봇대에 붙은
구인 광고 전단지를 보고 있다

잠시 후
환경미화원이
전단지를 떼어내고
깨끗이 청소를 한다

다시
전단지의 구인 광고란이 붙자
사람들이 모여든다

힘겨운 세상
종이 한 장에
삶의 무게가 실려 있다

내 인생은 나의 것

사람들은
내 인생은 나의 것이라
말하지만

살다보니
반드시 그렇진 않은 것 같다

내 맘대로
내 뜻대로 할 수 있는 게
얼마나 될까

내 맘대로 살아간다면
세상은 요지경이 아닐까

도덕도 법도 필요 없는
그런 세상이 되겠지

"나"라는 개인에서
"우리"라는 여럿을 넘어

"모두 함께"라는
we are the world까지
함께 살아가야 하는 세상이니까

연애편지와 카톡

세상이 변함에 따라
연애와 사랑하는 법도
많이 변해왔다

옛날 그 옛날
전화기도 별로 없던 시절

예쁜 편지에다
온갖 시상을 펼쳐가며
밤 새워 썼다 지우고
또 썼다 지우기를 몇 번

우체국에 가서
편지로 부치든지
아니면 발품을 팔아서
직접 집으로 전달하곤 했는데

지금은
하루에도 몇 번씩

영상 통화를 하고
수십 통씩 카톡과
문자 메시지를 보내곤 한다

하지만
지나치면 모자람보다
못하다고 했던가

그 옛날
하얀 편지지와 연필 한 자루가
전부였던 그 시절
사랑을 표현했던 그때가

혈기왕성한 젊은이의
두근거리는 가슴을 담기에
더 진실했었나보다

스님

불가에 입문하는
사람들은 많지만
스님이 되기란 쉽지가 않다

까다로운 절차와
계를 받고서야 스님이 된다

하지만
머리를 깎고 승복을 입었다고 해서
모두 다 스님은 아니다

스님은 스님다울 때
비로소 스님이라 한다

스님이라고 해서
다~ 구도자는 아니다
구도자라고 해서
다~ 중생을 제도하는 것도 아니다

중생을 다 제도한다고 해서
이 세상 모두
밝은 세상이 될 수 없다

이 세상이 어둠이 없는
맑고 밝은 세상이 될 수 있도록
스님들은 오늘도
묵묵히 정진 중이다

금기의 벽

이 세상의 절반은 남자요
이 세상의 절반은 여자이다

남자는 남자의 할 일이 있고
여자는 여자로서의 할 일이 있다

그 벽을 넘어서면
이상한 사람으로 여긴다

남자가 고무줄놀이나
소꿉놀이를 한다든지
여자가 전쟁놀이를 한다든지~

세상이 변해감에 따라
이젠 금기시되던
여성 장군이 탄생하고

남자 요리사와 디자이너가
판을 치는 세상이 되었다

벽은
깨어지기 마련이니까

달 뜨는 비오리

진동만을 끼고
해안길을 돌다보면
달 뜨는 비오리라는
아름다운 까페가 있다

바닷가 절벽 위의 노송과
후원의 대나무숲
깔끔하고 절제된
조경과 정원
앞바다의 잔잔한 여울

너와집 같은 목조건물
시원한 통창에서 바라보는
툭 트인 시야~

멀리 동진교 구름다리 위로
달님이 떠오르면
비오리 떼들 날아와
물장구치고 노닐 것 같다

사랑과 이별

사랑하는 사람이
갑자기
이별을 통보한다고 해서

그동안의 사랑이
헛된 사랑이었다고
말하지 마라

사랑은 결코
손익을 따지지 않는다

오히려
다가올 새로운 사랑에
시행착오를
줄일 수도 있다

사람과 물

물은 생명의 근원이다
적당한 비는
만물을 싱그럽고 푸르게
성장시키지만

폭우가 계속되면
가꾸어 놓은 모든 것들을
쓸어가 버린다

우리의 마음은
물과 같아서

잘 길들여진 마음은
모든 사람들에게 다정하고
따뜻하게 하지만

흐름을 걷잡을 수 없는 마음은
상대방에게
상처와 아픔을 준다

메마른 땅에
인색한 비도 아니요
거칠게 흘러가는
계곡물도 아닌

늘 한결같은
옹달샘이었으면 좋겠다

예향 통영

내 고향 통영은
한려수도의 시작점이자
중심 도시이다

점점이 떠 있는 섬들이
570여 개나 되고
해안단애와 늘어진 노송이
어우러진 천혜의 풍광을
보여주는

눈만 들면 탄성을 자아내는
아름다운 고장이다

통영은 예향이다
수많은 문인과 예술인들을
배출한 고장이다

박경리 김춘수 김용익
김상옥 윤이상 전혁림

이한우 유치환 유치진 등등

이외에도
인간문화재를 비롯한
무형문화재를 보유한
보석 같은 사람들이 많이 있다

마음의 밭

우리의 마음은
농부의 밭과 같다

그 안에서
기쁨과 사랑 희망 같은
긍정의 씨앗을
키울 수 있는가 하면

미움과 절망 좌절 같은
부정의 씨앗을
키울 수도 있다

어떤 씨를 뿌려
물을 주고 거름을 주어
꽃을 피울지는
우리의 의지에 달려 있다

오늘부터라도
긍정의 씨앗에

물을 주고 가꾸는
많은 노력을 해야겠다

한국의 맛

외국인들 중에서
한국 하면
제일 먼저 생각나는 걸
물어본다면

한복 고궁 명동거리
안동 하회마을 제주도
K~POP 등등 많겠지만

요즈음은
먹거리 열풍으로
불고기 비빔밥 김밥
라면 순대 떡볶이 등으로
많은 사랑을 받고 있다고 한다

하지만
한국의 맛 하면
김치를 빼놓을 수 없다
종류도 다양하다

배추김치 무김치 열무김치
갓김치 파김치 물김치
꼬들빼기김치 오이소박이김치~
이루 헤아릴 수 없을 만큼
다양하고
맛 또한 독특하다

맵싸하고 짭쪼름한
푹~ 삭여진
묵은 김장김치야말로
으뜸이다

김이 나는 하얀 쌀밥에
묵은 김치를 쭉~ 찢어서
밥숟갈에 얹어 먹는 이 맛을
외국 사람들이 알기나 할까?

자연의 소리

추녀 끝에 떨어지는
낙숫물 소리

소복소복 쌓여가는
함박눈 내리는 소리

가랑잎 구르는 소리
서걱서걱 낙엽 밟는 소리

타닥타닥
장작불 타는 소리

숲속에서 지저귀는
온갖 새소리

고요한 밤에 심금을 울리는
부엉이 소쩍새 울음소리

바닷가

하얀 포말을 일으키며
부딪치는 파도 소리

화톳불에서
알밤 터지는 소리…

행복한 사람

사람은 누구나
행복하게 살기를 원한다

그러나
행복을 만끽하면서
사는 사람들은 많지 않다

행복한 사람과
불행한 사람은
그 표정에서 알 수 있다

행복한 사람은
늘~ 웃고 있고
불행한 사람은
늘~ 찌푸리고 있다

나는 늘~ 웃고 사는가?
글쎄다

앞으로

웃고 살아가기 위해

더 많이 노력해야겠다

불교 성지 통영

통영은
불교 성지 중의 성지이다

지명이 이르는 곳마다
부처님과 인연이 많다

미륵산과 벽발산
연화도 욕지도 세존도
관음도 지심도 한산도 등등

미륵산은 미래불인
미륵불을 기다리는 성지이고

세존도는
석가세존의 주지처이며

한산도는
지혜 제일 문수보살이
상주하는 도량이라 한다

그래서인지 이곳은
큰스님들과 인연이 많다

안정사를 창건하신
원효대사를 비롯하여
효봉스님 구산스님 법정스님 등

훌륭한 업적을 남기신
큰스님들이 발자취가
살아 숨쉬는 곳이다

길

세상이 복잡해지면서
길이 너무 많이 생겼다

밖으로 나가면
온통 길뿐이다

차가 다니는 차도
사람이 다니는 인도
지하도 골목길
기차가 다니는 철도
물이 흐르는 수도
산 사람들이 다니는 등산로~

길이 하도 많다보니
길 위에서 갈 곳을 잃어버린
사람들도 종종 생긴다

하지만
사랑하는 사람과

어깨를 맞대고
정답게 가는 길도 있고

속리산 말티고개처럼
구불길이 아름다운 길도 있고
자연이 잘 보존된
숲속 오솔길도 있다

제주도 해안가 올레길
해운대고개 달맞이길
통영 비진도의 지겟길~

아스라이 멀어진
세월의 뒤안길까지
아름답고 정감 있는
예쁜 길들이 많이 있다

내 뜻대로 살자

당신은
"스타일이 달라졌네"라는 말로도
금방 감동을 받지만
그리고 그런 것들을
기대하고 살아가지만

사실은
다른 사람들에게는
별 하찮은 일들입니다
자기 살아가기도
바쁜 세상에 무슨…

또한 당신은
"주름이 늘었네"라는 말로도
깜짝 놀라지만
그리고는 며칠을 잠을 설치지만
정작 그렇게 말한 사람은
돌아서자마자 잊어버립니다
별 생각 없이 던진 말을 가지고…

당신이 무슨 옷을 입었든
당신이 쌍꺼풀 수술을 했든
당신 남편이 승진을 했든
당신이 좋은 집으로 이사를 했든
아이들이 공부를 잘하든 못하든
심각할 정도로
주변 사람들을 의식하지 마세요

당신만 쳐다보고 사는
얼빠진 사람은 없습니다
당신이 현재
자신을 챙기는 것처럼
다들 자기 자신 관리하기에
바쁜 세상입니다

그런데
누가 당신을 그토록
챙기겠습니까?

우쭐거릴 것도 없고
열등의식을 가질 것도 없네요
그냥 그렇게 살아갑시다
그게 잘사는 겁니다

사랑의 결실

사랑하는 그 사람이
나에게 다가올 것을
기대하지 말자

기다리는
고통만 있을 뿐

내가 먼저
그대에게 다가가면 될 일을~

몸과 마음

사람들은
나이를 먹으면서
몸보다는 마음이 먼저
늙어가는 것 같다

몸은 아직도
무언가를 하고 싶어 하는데도

마음이 먼저
이 나이에 뭘~
어떻게 하겠냐고
반문을 한다

하지만~
몸이 따를 때
무엇이든지 해봐야 한다

언젠가는 하고 싶어도
몸이 따라주지 않는 때가

오기 때문이다

더 늙기 전에
뭐든지
저질러보자

술

술은 사랑의 묘약이다
술을 잘 마시면
약이 되지만
잘못 마시면 독이 된다

사랑하는 사람끼리
마주앉아서
술잔을 기울이는 모습은
바라만 봐도
흐뭇하기만 하다

또한 노동을 하고서
잠시 쉬면서 들이키는
탁주 한 사발은
쌓인 피로를 풀어주고
속마음까지 시원하게 해주는
그야말로 보약이다

하지만

자기 몸을 주체 못하고
추태를 보이면서까지
마시는 술은
그 사람의 인격은 물론
몸과 마음까지 상하게 한다

자연과 사람

자연은
저마다의 색깔로
꽃 피우고
열매를 맺는다

서로 다른 개체가 모여서
하나의 숲을 이루고
그 숲이 모여서
큰 산이 된다

서로를 의지하지만
질투하지 않고
아름다운 조화를
이루고 살아간다

그러나
우리 사람들은
좀 나은 것이 있으면
금방 따라 하려 하고

모방을 한다

자신의 존재를 놔두고
남을 비교하기 시작하면
불행의 나락으로
빠져들기 쉽다

내 뜻대로
내 의지대로 살아갈 일이다

비 오는 날

비가 옵니다

오늘처럼
이렇게 비가 오는 날은
촉촉이 내리는
빗방울을 바라보면서

바쁘게 살아온 삶을
잠시 내려놓고
뜨거웠던 가슴을
차분히 식혀보라고
하는 듯합니다

잔잔하게 비가 내립니다

빗방울처럼
행복이 모여
모든 사람들의 부족함을
채워주는 따뜻한

그런 "비"였으면
좋겠습니다

하심 下心

불가에서
큰스님 법문에
자주 인용되는 문구이다

자기 자신을 낮추고
남을 높이는 마음

자기의 마음을
스스로 겸손하게 가지는 것

잘난 체하지 않고
자신을 늘~
부족하다고 생각하는 것

이것이 하심이다

한때 천주교에서도
"내 탓이오"라는 화두로
캠페인을 벌여서

많은 호응을 받은 때도 있었다

종교는
다른 듯하지만
결국은 하나로 모여진다

축제

"축제" 하면
대표적으로 떠오르는 곳

브라질 리오카니발 축제
독일 뮌헨 맥주 축제
일본 삿포로 눈 축제
스페인 토마토 축제
영국 에딘버러 페스티벌…

광란의 음악소리가
온 사방에 울려 퍼지면
지구촌에서 모여든 인파가
춤추고 노래하며 행진하는
축제가 시작된다

너도 나도~
애들도 어른도~
국적도 피부색도~
모두 하나가 되어

즐기는 모습을 보면
인류애가 느껴지기도 한다

그러나
우리에게는 잊지 못할
축제가 있다
이태원 참사를 불러일으킨
"할로윈" 축제이다

참회

잘못이란
살아가는데 한 번씩
걸려 넘어지는
길가의 돌과 같은 것

아무리 눈이 밝아
길을 잘 걷는 사람도
돌부리에 채여
넘어질 때가 있다
항상 조심하여
일생을 살아야 한다

그러나 살다보면
허물이나 잘못을
저지를 때도 있다

잘못이 있으면
숨기지 말고
수치를 남 앞에

이야기할 수 있어야 한다

참회는
신성한 영약이고
뉘우침의 눈물은
악업을 씻는 정화수이다

오랜 세월 쌓인 악업도
진정한 참회에는
눈 녹듯이 사라지고 만다

죄는 숨기는 만큼
고통은 커질 뿐이다

길상사

서울 성북동에 있는 길상사는
모든 사찰이 그러하지만
열린 절로도 유명하다
도심 속에 공원처럼~

절이라기보다는
오히려 잘 정돈된
정원이 아름다운
대갓집처럼 푸근하다

원래 길상사는
대원각이라는 유명한
요정이었다는데
주인인 김영한 보살이
법정 스님과의 인연으로 인해
무상 보시한 사찰이 되었다

무려
천억 원대의 전 재산을 털어

사찰로 환원한
보살의 마음씨가
우리네 범부들의 마음을
먹먹하게 한다

진정한 보시행은
이런 것인가

맑고 향기로운
부처님 도량에서
결핍과 풍요로움이
둘이 아님을
마음으로 느껴본다

삶이란

삶은
행복과 불행
기쁨과 슬픔
행운과 고난의 연속이다

늘~
마음의 문을 활짝 열고
소통할 수 있어야 한다

졸졸졸 흐르는 시냇물은
고이질 않고
또한 썩지 않는다

날마다 새롭게 태어나듯
언제나 활기 넘치고
즐겁게 살아야 할 일이다

오방색

우리나라 전통 고유의 색
황색 청색 백색 적색 흑색

이 다섯 가지의 색깔로
모든 그림과
사찰의 복잡한 단청과
모든 음식의 먹거리와
모든 옷감의 물감을
표현하는 데 부족함이 없다

음양오행의 뜻을 담은
조상의 지혜가 엿보이는
아름다운
우리만의 색깔이다

해남 달마산

한반도의 최남단
땅끝마을~

이름마저 아름다운
미황사를 품에 안은 달마산은
12폭 병풍을 두른 듯
웅장하고 수려하다

곳곳에 동백군락과
숨어 핀 동백꽃이
처절하도록 아름답다

남해안의
올망졸망한 작은 섬과
길게 늘어선 갯벌 끝으로
일몰과 낙조가
아름다운 땅끝마을

해남은
산과 바다
그리고 인심 좋은
축복 받은 고장이다

소유와 나눔

소유욕이 지나치면
마음의 문이
열리지 않는다

하나가 필요하면
하나로서 만족할 뿐
둘을 가지려고 하지 말자

둘을 가지려 애쓰다보면
그 하나마저 잃게 된다

자신의 분수를 망각한 채
소유욕에 마음을 빼앗기면
바른 눈으로 세상을 볼 수 없고
나눔의 즐거움을
느낄 수도 없다

우리가 추구하는
삶과 행복은

나눔과 베풂에서 찾을 수 있다

나눔이 많은 세상
그곳이
사람이 사는 세상이다

정월 대보름

일 년 중
달이 유난히 크고
밝게 떠오른다는
정월 대보름날

대숲에 일렁이는 바람에도
한기가 사라지고
매화꽃 향기는 벌써
지천으로 깔려 있다

봄이 기지개를 켜고
새 생명이 움트는
정월 보름날

예부터 이 날엔
전해 내려오는
세시풍습이 많았었다

달 올라올 때

산에 올라 달 보며 소원 빌고

달집태우기로
일 년 농사의 풍년을 기원하고

연 날리기로
한 해의 액운을 날려 보내고

다리 밟기
부럼 깨기로
건강을 체크하고

"게"와 "복쌈"을 먹으면서
집안의 발복을 기원하는 등

여러 풍습이 많았지만
이젠
아련한 옛 추억 속으로
사라져가는 것 같다
안타깝기만 하다

그리움

우리 처음 만났던 날
달빛은 무척이나 밝았지

내 그리움
찬 이슬에 젖던 밤
행여 그대도 젖어
춥지는 않았던지

간절할수록 멀리 서서
이토록 슬픈 눈빛
가져주지 못하는 님

미웁기만 하여
돌아서면
그리움 한 조각

빈 창문에 매달려
애원처럼
가슴 앓던 못 잊음

바람에게 전해 보낸
긴~ 편지
곱게 펴서 읽기나 하였는지

그립다 피멍든
내 마음 한쪽

고향

꿈에라도
가보고 싶은 곳
고향

고향집 사립문이
그리운 것은
복사꽃 흐드러지게 핀
동구 밖 때문이 아니라

철없음을 만나고 싶은
개구쟁이 친구들이다

몇 해를 되돌아가야
그때 그곳으로
내 웃음소리에
강아지 꼬리를 흔들고
닭이 홰를 치는
어릴 적 고향으로 다가갈까?

만나는 길동무 손잡고
부푼 가슴 터질 줄 모르는
기쁨 누리며

질편하게 노닐 때도
눈치 살피지 않아도 좋은 그곳

엄마 하고 부르면
버선발로
뛰어나오실 것 같은
눈에 밟혀도 아프지 않을

원두막 옆으로
복사꽃 피고 능금꽃 지던
그곳
내 그리운 고향

마음

잠시라도 기댈 수 있는
포근한 어깨 하나 있었으면

살랑이는 바람에도
방황하는 솜털처럼
여린 마음을

지쳐버린 생각은
한 잎 낙엽으로 날리고

그래도
마음속 깊이
아려오는 까닭은
아직은
못다 한 사랑에 대한
미련 때문일까

오늘밤도
까아만 어둠을 다 태운

한 줌의 응어리
회색빛으로 스러진다

까치 소리

까치밥 떨어진
휑~ 한
감나무 가지에

까악~ 까악~ 하고
까치가 웁니다

이른 아침에
까치가 울면
반가운 손님이
오신다고 했는데

한나절 내도록
바람님만 지나가고
산새들만 왔다 갈 뿐

그리운 사람은
코빼기도 보이질 않네요

까치는 그냥 울어댈 뿐
실없는 사람들이 지어낸
말인 것 같습니다

그래도 이른 아침에
까치 소리를 들으면
왠지 모를 좋은 일이
생길 것만 같습니다

해제

새소리 물소리
숲속의 바람소리 아련한데
오늘은 해제날

이제
산문 밖으로 떠나야 할 때

걸망을 둘러메고
정작 나서 보지만
오라는 곳도 없고
그렇다고 갈 곳도 없다

운수납자란
바람 따라
구름 따라
물 흐르는 대로
발길 닿는 곳으로
진리와 구도를 찾아
떠나라는 뜻이 아닐까

사랑과 이별

기쁨이 두 배 되는 것은
사랑이 시작되는 것이고

슬픔이 두 배 되는 것은
이별을 했기 때문이다

괴로움이 두 배 되는 것은
못다 한 사랑의
미련이 남은 것이고

외로움이 두 배 되는 것은
혼자임에 익숙해버린
고독이 찾아왔기 때문이다

약속

사랑하는 사람끼리
기약하는 약속은

왜 그리
시간이 더디게 갈까?

지난밤을 꼬박 새우고
시간을 보고
또~ 보고

그래도
약속시간은 한참 남았다

뭘 하고 이 시간을
보내야 하나

이런 내 마음을
알기나 할까?

궁상떨기

맑은 날엔
교외로 나가 드라이브하기 좋고

비 오는 날엔
우산 받쳐 들고
데이트하기 좋고

눈이 오는 날엔
함박눈 맞으며
같이 뒹굴고 싶고

흐린 날엔
궁상떨고 있으면
꿀꿀하니까
바람 쐬러 가고 싶은데

정작
찾아봐도
같이 할 사람이 없네

스님으로 살아가기

먹물 옷을 입고
밀짚모자를 눌러쓰고
한껏 멋을 내고서
도량을 거닐어보다가

보는 사람 없어
피식 웃어버리고는
평상에 누웠다

먼발치
법당에서 부처님이
알 듯 말 듯한
미소만 보낸다

중아~ 중아~
그 시간에 마음공부나
좀 더 하려무나

괜히 마음이 켕겨

책상 앞에 앉아보지만

이놈의 사바와의 인연
언제쯤 내려놓을는지
번뇌만 더 쌓여간다

말과 눈길

사람과 사람 사이를
가까이하고 멀리하는 것은
눈길을 통해서 이루어진다

말은
설명하고 이해를 시켜야 하는
번거로움이 따르지만
눈은 그럴 필요가 없다

마주보면
이미 알아차릴 수 있고
마음속까지 훤히
들여다볼 수가 있다

가까운 사이는
소리내는 말보다
오히려 그윽한 눈으로
서로의 뜻을 전하고
받아들인다

그래서 눈을
마음의 창이라 한다

자연의 고마움

자연은 우리에게
많은 것을 대가 없이
베풀고 있다

봄에는
수많은 꽃과 향기로
우리들을 즐겁게 해주고
가을엔
화려한 단풍과
온갖 과일 열매로
먹을거리를
무상으로 선물한다

우리가
자연에게 보답할 수 있는 게
무엇일까?

보답은 고사하고
허물고

부수고
더럽히고
빼앗기만 했을 뿐~

그런데도 자연은
아무런 내색도 하지 않고
묵묵히 베풀고 있다

이 영원한 모성 앞에서
되돌아보는 뉘우침이 없다면
우리는 자연의 아들딸들이
될 수 없다

언젠가는 돌아가야 할
어머니 품 같은 대자연을
사랑하고
또 사랑해야지

향기로운 삶

말은 그 사람의 됨됨이요
글은 인격이다
행동은 습관이 되고
습관은 그 사람의 운명이 된다

시시콜콜한 말이나
경거망동한 행동
좋지 않은 습관들은

상대방으로 하여금
나의 인격을 떨어뜨린다

생선을 싼 종이는
비린내를 풍기지만
향을 싼 종이에는
향내가 오랫동안 진동한다고
하지 않던가

향나무는

자신을 찍어낸 도끼날에도
향을 묻혀 준다고 한다
향기로운 삶을
살아가야 할 일이다

친구와 연인 사이

아무리 친한 사람이라도
너무 가까이서
자주 부대끼면
이내 시들해지기 마련이다

서로의 장점이 반감되고
단점이 드러나고 만다

서로 사랑하는 연인 사이라도
좀 거리를 두고
그리워하는 사이가
좋을 때가 많고

가끔씩 마주앉아
쌓인 회포를 풀어야
토닥토닥 정이 쌓인다

친구 사이에도
그립고 아쉬움이

받쳐 주어야

그 우정이 시들지 않는다

산사의 새벽

밤 깊은 산사
뜨락에
교교히 내려앉은 달빛
천년 세월 견뎌온 석탑
대웅전 처마 끝에 매달린 풍경

소슬바람 일어
뎅그렁~
뎅그렁~

놀란 밤 부엉이
홰를 치며
부엉~
부어엉~

어느새 새벽 예불 시간
스님의 목탁소리
톡톡 또로로~

어제 내린 비

번개팅은
비가 와야 만나는 거라는 사람아

그래서 우린
흐린 하늘을 따라 비를 쫓아다녔지

우리의 만남을
합리화해야 하는 것처럼

봄비는
만물을 잉태시키고
성장케 하는
고마운 존재인 것처럼

어제 내린 비는
우리에게도
생명이었고
환희였고
사랑이었다

내 마음

처음 먹은 마음
초심

결코 흔들려서는 안 되는 마음
중심

굳은 결기로 다짐해야겠다는 마음
결심

마음 깊은 곳에서 우러나오는 마음
진심

뜻한 대로 잘 알아듣겠다는 마음
명심

자기 자신을 낮추고 남을 높이는 마음
하심

이리저리 흔들리는 마음

소심

잠깐 내려놓는 마음
방심

님 그리움

오마고
우리 님 약속 없어도
행여나
기다리는 마음 설레네

오늘은 보름밤
달도 밝기만 하다

님 그리는 마음
가슴 졸이는 밤

어느새 뜨락에
달맞이꽃 피었네

산사의 음유시인들

개울물 흐르는 소리

산새들 노랫소리

밤 벌레 울음소리

숨어 우는 바람소리

추녀 끝 풍경소리

떡 예찬

그 옛날
배고팠던 시절
제일 먹고 싶었던 음식
떡

옛 속담에도
그림의 떡이란 말이 있다

그림을 보고
얼마나 군침을 흘렸을까?

행사 때마다 빠질 수 없고
이웃과 나눌 수 있는 것이
떡이었다

종류도 시절에 따라 변해왔다
쑥버무리떡
수수개떡 같은
배고픈 시절 먹던 떡이 있었고

절편 찰떡 시루떡
가래떡 비짐떡 찹쌀떡
망개떡 같은
행사에 따라 다양한 모양의
떡이 만들어진다

종교의 순수성

살아가면서
힘들고 고단할 때
내 힘으로 어쩔 수 없는
벅찬 장애가 생겼을 때

의지하고픈 곳
기대고 싶은 곳
사찰 교회 그리고 성당

하지만
요즈음 종교 단체를 보면
하나같이 경쟁을 하듯
화려하고 웅장하게
변해가고 있다

물론 신도가 늘면
규모도 커질 수밖에 없지만
그래도
너무하다는 생각에

종교의 본질인 순수성을
잃어버린 것 같아 안타깝다

가난하지만
언제나 웃음이 넘치고
소탈하지만
순수하고 여유가 있고
나눔이 싹트는
그런 종교이어야 하건만

겉치레로 속이 비어가는
우리들에게
빛과 소금이
자비 광명이
은혜로움이 함께하기를~

좋은 사람들

가까이 있어도
마음이 없으면
먼 사람이고

아주 멀리 있어도
마음이 있다면
가까운 사람이니

사람과 사람 사이는
기회가 아니라
마음이라 한다

마음을 다스리는 사람
마음을 아프게 하지 않는 사람
따뜻한 말을 하는 사람
위로의 마음을 전하는 사람

그런 마음을 가진 사람이
참 좋은 사람이다

194

아름다운 사람은
세상을 욕심 없이 바라보는 마음과
맑은 샘물처럼 깨끗하고
아랫목처럼 따뜻한
가슴을 지닌 그런 사람이다

커피

낙엽 지는 석양 무렵
문득
커피 한잔이 생각나는 때

마음 따뜻한 사람과
마주앉아
진한 커피를 마시고 싶다

조용한 미소로
따뜻한 얘기를 나눌 수 있는
하얀 프림 같은 사람

포근한 말 한 마디로
사랑을 느낄 수 있는
노~란 설탕 같은 사람

잔잔한 음악이 묻어나는 까페에서
이런 사람들과 함께라면
밤새도록 얘기하면 어떠하리

돌미나리

다랑이논 끝자락에
작은 옹달샘

저절로 피어난
돌미나리 새순

한겨울
흰 눈과 얼음장을 뚫고
모질게도 살았다

봄 따는 아가씨
바구니 속에서
돌미나리 향기를 더한다

아가씨 발그레한
볼연지 고와
돌미나리 더욱 푸르다

산길

뒷산에 올라
해지는 저녁놀을 바라본다

첩첩이 쌓인
아득한 산 너머로
골 따라 산촌 마을이
그림처럼 나타나고

그 사이로 하얗게
굽이굽이 길이 나 있다

길은
마을과 마을을 이어 주고
사람과 사람을 맺어 주네

그 길로
세상의 소식이 들어오고
온갖 생필품이
드나드는 곳이다

길은
산촌에서
소통의 장이요
생명의 장이다

방생

죽어가는 생명을
살려주는 행위
목숨이 경각에 달해 있는 미물을
구해주는 행위를
방생이라 한다

방생은
생명이 있는 미물을 살려준다는
고귀한 생명 존중 정신에 따른
자비의 실천 방법이며
양심 회복 운동이다

그래서 많은 사찰에서
연례행사로
방생법회를 치르기도 한다

방생은
우리의 마음속에 있는
사랑과 자비의 종자를

싹트게 하고 복밭을 일구는
좋은 적선이 된다

백설과 홍시

함박눈 펑펑 내리는 날
가지 끝에 달린
빨간 홍시감 위로
함박눈이 소복소복 쌓이면

환상적인 색깔을 보면서
눈이 시리도록 아름다운
홍시의 맛을
눈으로 느껴본다

저~ 감을 따서 맛을 보면
차갑고 달디단 홍시의
진맛을 느껴보련만

아서라~
자연과 함께 즐겨보다가
까치밥으로
남겨두어야겠다

세월의 소리

보름밤
휘영청 밝은 달이
처마 끝에
외등처럼 걸려 있다

적막이 깃든
모두가 잠든 밤에

홀로 깨어 있는
살아 숨쉬는
개울 물 소리

그것은
쉬지 않고 흘러가는
세월의 소리이다

단풍

연못가에 곱게 물든
애기단풍을 보면
나무에 붉게 물든 단풍과
연못 속에 드리워진 단풍이
한데 어우러져
환상적인 모습이다

해질 녘
석양에 곱게 물든 단풍잎 또한
보는 이는 탄성을 자아낸다

곱게 물든 낙엽을
단풍이 들었다 고하는 걸 보면
단풍나무는
가을 단풍의 으뜸이요
제왕이다

사랑은 주는 것

사랑한다는 것은
대가 없이 주는 것이요
나누는 것이다

주면 줄수록
나누면 나눌수록
넉넉하고 포근한 마음이다

사람의 심성은
샘물과 같아서
퍼낼수록 맑게 고인다

고인 물은 상하게 마련
자꾸만 퍼내야만
맑은 샘물이 되는 것이다

우리의 마음도 이와 같아서
주저하다 망설이면
사랑은 금세 식어버린다

봄비(Ⅱ)

가지 끝에 피어난
꽃망울에
고운 님의 마음처럼
봄비가 내린다

수정처럼 맑고
보석처럼 영롱한
빗방울들이

묵향처럼 번져
내 마음속으로 스며든다

이 세상
모든 생명들이
지금 내리는
봄비를 맞으며

새 움을 싹틔우고
사랑을 피워서

희망을 노래하고
웃음과 행복을 꽃피우는
봄날이 되었으면…

법운암(당절)

옛날 오랜 옛적
자그마한 사당이었다는 당절

발길 따라 인연 따라
찾아든 스님이
법운암이라는 암자를 짓고
부처님 도량을 만들었다

세월이 많이 흐르고
신도가 느는 만큼
지역 사찰로 커짐에 따라
증축을 하고

도량은 숲으로 싸여
산중사찰로 변모한다

처음 찾는 신도님들
도심 속의 공원처럼
이런 절이 숨어 있는 줄 몰랐다고

탄성이 자자하다

늦가을
단풍 드는 때쯤이면
애기단풍이 뿜어대는
핏빛 붉은색으로
온 도량이 불붙는 듯
환상적이다

수종사

경기도 남양주
두물머리를 지나면
운길산 자락에
포근하게 자리 잡은
예쁜 절 수종사

세조대왕의 행차 시에
한밤중 종소리를 듣고
다음날 찾은 곳이

바위굴에서 물 떨어지는
소리였단다

왕이 절을 새로 짓게 하고
이름을 수종사라고
지었다고 한다

절 도량 어디에서 내려다봐도
아름다운 전경이 펼쳐진다

운길산의 빼어난 산세
양수리에 피어오르는 물안개
수령 400년이 넘었다는
은행나무는 가을 단풍의 백미이다

사람 사는 세상

삶이 고달프고
힘이 들고
가난하다고 해서
모두가 인색한 사람들은 아니다

또한
가진 게 많아 넉넉하고
부유하다고 해서
모두가 인심이 후한 것도 아니다

그것은
그 사람의 성품과
됨됨이에 따라 다르다

오히려
빈곤 속에서 살아온 사람이
천사 같은 사람들이 많다
시장 바닥에선 인심이 후하고
동냥그릇이 두툼해진다는

말도 있지 않은가

흔히들
근면 절약하는 걸 인색하여
구두쇠 같다고 하지만
그런 절약으로 인해
이웃들과 서로 나누면서
소통하며 살아간다면
얼마나 좋은 일인가?

비밀

살다보면
우리들에게 비밀스런 일들이
하나둘쯤은 있게 마련

그런데
그런데
어떻게 알게 되었는지
남들이 알고는
수군대는가 하면
오히려 내게 물어 오기도 한다

"너만 알고 있어라"
"아무에게도 말하면 안 돼"
하는 순간
그건 비밀이 아니다

"이 세상에 비밀은 없다"
"발 없는 말이 천 리를 간다"

옛 말씀이 하나도
틀린 말이 없다

한옥

한옥을 보면
옛날 갓을 쓰고
도포자락을 흔들며
합죽선을 손에 든 풍채 좋은
선비를 보는 듯한
듬직함을 느끼게 한다

기와지붕의 처마 끝이
살짝 치켜든 날렵한 모습은
황새가 큰 날개를 펼치고
날아오르는 듯한
우아함을 느끼게 하고

비가 오는 날엔
기왓골 따라
낙숫물 떨어지는 모습은
환상적이다

예전엔 동네마다

기와집이 더러 있었지만
편리함을 추구하는
현대인의 기호에 따라
대단위의 APT 단지가 들어서고
새로운 단독주택이 들어선다

하지만
아직도 옛스러움을 보존하고자
애쓰는 곳이 있다

서울 북촌 한옥마을
경주 양동 한옥마을
전주 한옥마을
한국 민속촌 등이 있다

우리 고유의 얼과
풍습이 담긴 한옥이
오래도록 보존되길…

동강 어라연 계곡

강원도 영월 땅
산 좋고 물 좋은 이곳
동강이 굽이굽이 흐르는 곳에
어라연 계곡이 있다

봄이면
절벽을 타고 내리는 진달래와
산철쭉이 만발하고

가을엔
산단풍이 붉게 물들어
늘어진 노송과 어우러진
산수화를 연상시킨다

어라연은
계곡의 물고기가 많아
강물 속에 뛰노는 고기의 비늘이
비단같이 빛이 난다 하여
붙은 이름이란다

계곡은 깊고 깊어
물길을 산이 막아 휘돌고
작은 소와 여울을 지나고 나면
신선이 놀다 갔다는
앙증맞은 바위섬
상선암이 나타난다

척박한 돌부리에 발을 내려
천년의 세월을 견디어온
상선암 꼭대기에
노송 몇 그루가 풍채 좋게
걸터앉아 있다

어디선가
함성소리가 들려 돌아보니
래프팅을 즐기는 한 무리들이
떼 지어 내려온다

눈을 들어 어딜 봐도
탄성이 절로 나오는
동강 어라연 계곡이다

스님은 왜 머리를 안 깎으세요?

어쩌다 한 번씩
어머니를 따라 찾아오는
꼬마 신도에게 듣는 물음이다

그러면 난
이렇게 변명을 한다

스님이 바쁘다 보니
머리 깎을 시간이 없었다고

그렇다고 해서 스님이
일반인들처럼
긴 머리는 아니다

두발 자유화 되기 전
중고등학생 머리처럼
좀 짧은 머리인 셈이다

스님들 사이에서는

자라나는 머리카락을
무명초라 하여
아무 의미 없는 잡초에 비유한다

멋지게 길러서 손질할 수가 있나
자기 얼굴에 맞게 개성 있는
머리를 할 수가 있나

더부룩하게 길어나면
자주 깎아야 하는
귀찮은 존재다

스님들이 자기의 본분사를
잊고 다니면
자기 스스로 머리를 만져보면서
"나는 스님이다"는 생각을
가져야 한다는 얘기다

출가한 수행승은
지켜야 할 계율도 많고
철저한 수행이 따라야 한다

어디서든지

확 띄는 복색 때문에
늘 세간에 관심이 따르기 마련

철저한 수행자는
철저하게 위선적이어야 한다는
어느 큰스님의 독백이
가슴에 와 닿는다

삭발한 머리에
풀 먹인 무명옷을 입고
의연하고 당당하게 걸어가는
스님들의 모습을 보면
다른 사람들이 범접하지 못할
무언가가 느껴진다

세월이 많이 흐르고
나에게도 이제
품에 맞는 무명옷이
제법 늘어간다

동행

비 오는 날
우산을 함께 쓰고
어깨를 서로 감싸며
다정스레 걸어가는
뒷모습을 보면

동행이라는 말을
떠올리게 한다

살아가면서
마음을 같이 하고
함께한다는 게
어디 쉬운 일인가

나에게도
세상을 함께하는
동행이
몇이나 될까

암자를 찾아서

지나간 시간이 덧없거든
훌쩍 떠나고 싶은 곳

봄바람이 귓불을 스치고
꽃내음이 물씬 풍기는 계곡을 따라
이름 모를 암자가 길손을 반긴다

초입에 들어서면
풍경소리
바람소리
산새소리
그리고 개울물 흐르는 소리

마치 천상의 하모니처럼
아름답게 들려온다

호젓한 산사만큼
자신을 위한 여행이 또 있을까

무거운 짐을 풀어놓듯
닫혀 있던 내면의 마음을
그냥 내려놓아도 좋을
절로 가는 길

적멸보궁

적멸보궁은
부처님의 진신사리를
모셔 둔 곳을 말한다

일반 사찰과는 달리
법당 내부엔 불상이 없고
수미단 너머 창으로
부처님의 사리탑전을
볼 수 있게 되어 있다

적멸보궁의 유래는
신라 자장율사가
당나라에서 가지고 온
부처님의 사리를 나누어
봉안했다고 하는
오대 적멸보궁이 있다

대표적인 금강계단이 있는
양산 통도사

오대산 상원사

설악산 봉정암

태백산 정암사

영월 사자산 법흥사 등이다

억새풀

가을철
온 산을 하얗게 수놓는
가을의 전령
억새풀이다

살랑이는 바람에도
은빛 물결이 출렁이고
해질 녘 석양이 물들면
금빛으로 눈부신 장관을 이룬다

하루에 두 번
변신하는 풀꽃이다

억새풀은 주로
군락을 이루며 살아간다

억새풀은
우리가 살아가는 인생사처럼
고난과 역경이 와도

꿋꿋이 견디어내는
꺾이지 않는 마음처럼

바람결에 온몸이 흔들려도
결코 부러지지 않는다

서해안 낙조

하루가 다 지나가고
해가 뉘엿뉘엿 질 때면

하늘과 바다가
한 빛으로 붉게 물드는
석양을 보라

선홍색으로 물든 태양이
바다로 빠져드는 모습을 보면
황홀하다 못해
가슴이 먹먹해진다

낙조에 잠긴 바다는
금빛 물결을 출렁이고
이내 어둠의 이불을 덮고는
고요히 잠이 든다

그대 생각

가슴이 뛴다
그대 생각나면

내 가슴속에 꽃이 핀다
그대 생각하면

이게 사랑일거야
그대 생각뿐이면

변산 내소사

문화재 관련 전문가이고
문화재청장을 지낸
유홍준 교수가

우리나라에서
가장 아름다운 절로
변산 내소사를 꼽았다고 한다

가람의 배치
고색창연함
주변의 산세가
한데 어우러진 조화를
이루어야 한단다

내소사는 화려함이라고는
전혀 찾아볼 수 없는
수수함이요
화려한 단청색은
찾아볼 수 없고

거칠은 나뭇결 그대로의
아름다움이다

비움의 미학을
우리들에게
가르치고 있는 듯하다

오랜 세월의 흔적을
씻겨 날려버린 듯한
가슴 찡한 대웅전 중창 설화 또한
감동을 선사한다

그러나
변산과 어우러진 내소사의
봄 가을 정취는
꽃과 단풍으로
화려함의 극치를 이룬다

이 모두가
하나의 공간으로서
내소사가 가장 아름다운 절로
꼽히지 않았을까

동백꽃

매서운 겨울바람이 누그러질 때쯤
붉은 꽃망울을 피워내는
겨울 꽃 동백

남도의 해안가 절벽
푸른 잎새 사이로
새빨간 꽃봉오리가
봄보다 먼저 찾아와 만개한다

동백은
짙푸른 이파리와
빨간 꽃잎
노오란 꽃술이 선명한
삼원색의 극치를 이룬다

정열적이고
여인의 속마음을 닮았다고 해서
여심화라는 꽃말도 있다

"수많은 밤을 가슴 아픔에
동백아가씨는 울다 지쳐
꽃잎이 빨갛게 멍이 들었다"는
이미자 씨의 노랫말처럼

꽃 떨어진 자리에
피멍든 꽃들이 흐트러져
꽃길을 펼친다

울릉도

울렁울렁 울렁대는
울릉도라~

배를 타고 가는 동안
그 노래를 실감한다

노랫가락처럼
호박엿과 오징어가
풍년이라는 울릉도를
오늘
처음으로 발을 딛는다

만만치 않은 높은 산 성인봉
어여쁜 봉래폭포
고원 속에 평야 같은 나래분지까지
제법 웅장한 섬이다

하기야 한때는
우산국이라는

하나의 나라였다는데…

신비의 섬
환상의 섬
태고의 자연을
고스란히 느낄 수 있는
원시의 아름다운 섬이다

여주 신륵사

남한강 굽이굽이 흘러들어
한강을 만나기 전
너른 포구를 만들고

물길 쉬어 가는
조포나루 옆에
천년 고찰 신륵사가 있다

대부분의 유서 깊은 사찰은
산세 좋은 산속에 있지만
이곳 신륵사는
강변에 너른 들판을 끼고
앉아 있다

한때는 왕실의 원찰로
영화를 누린 탓에
규모도 웅장했었고
신도들도 많았다고 한다

절 아래 강변 너럭바위
정자에서 바라보는
남한강의 경치는
세월 따라 시간 따라
시시각각 변모하는 황홀함에
시인 묵객들의 발길이
끊이질 않는다

경내 입구에 이곳 터줏대감인 듯
오랜 풍상을 견뎌온
노거수 한 그루

그 옛날 나옹선사께서
지팡이를 꽂아 싹을 틔웠다는
은행나무이다

환원

한 방울 두 방울
내리는 빗물이 흘러들어
고랑물을 이루고

그 물이 모여
냇물이 된다

냇물은 다시 흘러
이 골 저 골물 한데 모여
강물이 되고

그 물이 함께 모여드는 곳
바다

바다는 뜨거운 태양을 받아
수증기로 되어 오르면
찬 기운을 받아 먹구름이 되고
다시 빗방울이 되어
대지를 적신다

내리는 빗물이
다시 고랑물을 이루고…

들꽃

누가 가꾸지도
누가 봐주지도 않지만

그래도 꽃이라고
봄이면
어김없이 피어나는
소담스런 꽃

들길에 바람 타고
은은한 향기를 더한다

꽃

꽃,
너 참 예쁘다
어쩜 그렇게도 귀엽니
향기는 또 왜 그리 좋아

그러니
많은 사람들의 사랑을 받지

그런데
왜 그리 일찍 갈려고 해
오래도록 보고 싶은데
그러질 못해 서운해

내년에도 또 올 거지
꼭 와야 해!

강구안 풍경

항구라기보다는
인적 드문 산속
옹달샘처럼

중앙통 강구안은
앙증맞은 쪽박처럼 생겼다

그 옛날
육상 교통이 불편했던 시절
강구안은 그야말로 대목장처럼
붐볐다

부산 마산 삼천포 여수 등등
모든 교통수단이
강구안 여객선이 도맡아 했다
사람은 물론 화물까지도

배가 떠날 출항시간이 되면
부웅~ 하고 뱃고동이 울려 퍼지고

객선머리 싼판 위에는
시끌벅적하게
늘~ 인파로 북적댔다

객지로 떠나는 사람
배웅하는 사람
마중 나오는 사람 등등
통영 시내 사람들이
얼추 다 모인 듯하다

항구의 목 쪽으로는
조그마한 나룻선이
이쪽 동충 끝에서
마주보는 남망산 쪽으로
손님을 실어 나르는데

어쩌다
큰 배와 마주치게 되면
난리가 난다

파도에 휩쓸려
바람 앞에 등불처럼
이리 흔들리고
저리 흔들리는가 하면

나룻배 바닥엔
바닷물이 넘쳐 들어와
찰랑찰랑 하고
바닷물을 뒤집어쓴 사람도
부지기수이다

마치
천당과 지옥을 오가는 것처럼
위험한 일이 다반사였다

요즈음은 안전상의 문제로
상상할 수도 없는 일이었지만

그 시절 그땐

그것조차도
유일한 교통수단이었다

여한튼 강구안은
그 당시 충무시의
교통 문화 유통 등
모든 것의 중심지였고
지금도
통영시의 문화
관광의 일번지이다

장골산 추억

산 아랫동네 사람들만 알고
통영 사는 사람조차
이런 산이 있었나 할 정도로
잘 알려지지 않은
야트막한 산이다

영주산 자락을 타고
법운암 암자 옆으로
비스듬히 자리하고 있다

정상 부근 평지엔
보리타작 마당이 있고
평소에는 동네 친구들의
놀이터였다

장골산의 유래는
장골이 많이 나온다는 연유로
불리운 모양이다

장골은 아주 작은 광물질처럼 생긴
네모난 까맣고 윤기 나는
돌처럼 생겼는데
이 산속에 많이 묻혀 있었다

이 장골을 많이 먹으면
기골이 장대한 장수가 된다는 속설에
어릴 때 친구들과 어울려
먹었던 기억도 있다

산세가 야트막하고
작은 소나무가 많아서
숨바꼭질
전쟁놀이
연 날리기 등
아이들 뛰놀기엔
더없이 좋았던 놀이터였다

동네 마을 처녀총각들

데이트하기에 좋았던
장골산의 추억들

그때~
자그마했던 소나무들이
아름드리나무가 되어
어린 시절 뛰놀던 추억을 담고서
커다란 숲을 이루었다

어느 봄날에

살랑이던 봄바람에
춤을 추던 4월이
온 누리에 예쁜 꽃
울긋불긋 수놓더니

5월의 따스한 훈풍에
잎새를 떨구고
푸른 옷으로 갈아입는다

산새들 소리
더욱 사랑스럽고
개울물 소리
거침없이 상쾌하다

싱그런 봄날
산은 그대로인데
바라보는 우리네 마음은
왜
시시때때로 바뀔까

동창생

지금은 어디에서
살고 있는지
보고파라 보고파라
나의 동창생~ ♫♪

문주란의 동창생이라는
노래 일부이다

68년도 국민학교를
졸업했으니
어느새 57년이란 세월이
지나갔다

그때
코흘리개 친구들은
백발이 희끗한
초로의 신사가 되었고

새침때기 말괄량이 여자 친구들은

잔주름이 늘어난
할머니들이 되어간다

봄가을 소풍 때면
어김없이 찾아가던
용화사 띠밭 등

태어나서 처음
친구들과의 수학여행을
경주 불국사로 갔었지

어려웠던 학창시절
점심 때 배급 주던
강냉이죽
평화당 빵집의 급식빵

우리들의 동심을 키워줬던
드넓은 운동장

혀가 짧아 글 읽기가 어려웠던 철수
덩치만 컸지 어눌한 웃음을 지닌 아이 같았던 범석이
재건대장 아들이었던 기생이
운동 잘하던 종규
뭐든 열심히 하던 얼굴 까만 우병이
작지만 당차고 열정 있던 둘복이…

많은 친구들이 우리 곁을
떠나갔다

왠지 오늘따라
먼저 간 친구들이 더욱 보고프다

오늘이
동창회 모임날이어서 일까?
아직도 기억이 생생하기만 한데…

봄이면 느끼는 것들

살랑이는 바람
따스한 햇볕
피어오르는 아지랑이
지천에 돋아나는 새순

촉촉이 내리는 봄비를 쳐다보는
들뜬 내 맘

산골에 울려 퍼지는
뻐꾸기 울음소리

그리고
밀려오는 낮잠…

부처님 오신 날

온 산에 불을 붙인 듯
철쭉과 진달래가
피어오르고
봄바람에 산벚꽃이
흩날릴 때쯤이면

산사에도
알록달록 오색 연꽃등이
피어난다

오늘은
사월 초파일
부처님 오신 날

고요하던 산사가
모처럼 인파로 붐벼
두런두런 사람 냄새가 나고

너도 나도

소원을 빌고 등불을 밝힌다

곱게 차려 입은 한복치마 사이로
천진 동자들의
해맑은 웃음소리에

큰 법당 부처님이
빙그레 웃으시며
지그시 눈을 감는다

모두가 즐겁고 기쁜 이 날~

추녀 끝에 매달린 풍경이
불어오는 봄바람에
뎅그렁 뎅그렁…

울려 퍼지는
천상의 소리에
속세에 찌든 우리 마음도
개운해지는 듯하다

연꽃(Ⅱ)

연꽃은
불교를 상징하는 꽃이다

오탁악세의 온갖
오염된 흙탕물에서 크지만
더러움에 물들지 않고

또한 연꽃은
선비의 고결함과
군자의 성품을 닮아 있다

연잎은 비가 오면
감당할 만큼만 빗방울을 담고
나머지는 미련 없이
비워버린다

연꽃의 향기는
너무 과하지 않은
은은한 향기가 일품이다

연꽃은
우리들에게
많은 것들을 가르쳐 준다

ES 리조트

산양면 일주도로 돌아
달아 마을 들어서면

야트막한 언덕
솔숲 사이로

하얀 집들이
숨바꼭질 하는 듯이
다소곳이 숨어 있다

바다 건너
손에 닿을 듯 말 듯
새섬 딱섬 소래섬 삼남매가
어깨를 맞대고

해거름 붉은 노을이
해안가 저녁 굴뚝 연기에
안개처럼 젖어들면

어슴푸레 불 밝힌
어촌 풍경이
정겹게 느껴진다

풋풋한 솔내음 속에
소담스런 애기 나누며
하룻밤 지새도 좋을
ES 리조트

일주문

절 도량을 들어서면
제일 먼저 반기는 곳이다

일주문을 들어서면
다시 오르막길을
한참을 발품을 팔고
땀을 식힐 때쯤

저만치
부처님 도량이 나타난다

다시 불이문 천왕문 해탈문…
절은 경계의 연옥이다

일주문은
사바세계와 사찰 도량을
경계하는 시작점으로

이곳을 들어서면

시중의 모든 일들을 내려두고
빈 마음으로
부처님 도량으로 오라는
"방하착"을 일깨워주는
아름다운 전각이다

사랑과 미움

상대방을 예쁘게 보는 것이
사랑이다

상대방을 좋지 않게 생각하는 게
미움이다

내가 보는 상대방은
변함없이 그대로인데

내 마음에 따라
사랑하고 미워하는 건
왜 일까?

이유 없는 내 마음

죽림초 3학년 류리아*

이유 없이 좋을 때
이유 없이 슬플 때
이유 없이 사랑할 때

모두 내 맘에 따라
일어나는 일들

---

* 월송 스님의 외손녀이다.

하루

죽림초 3학년 류리아

하하 호호
방긋한 하루

왠지 섬뜩
무서운 하루

흑흑흑 슬픈 하루

으으아 졌어 졌어
화나는 하루

불안한 하루
즐거운 하루

오똑하지
내가 한 일이 아닌데

어떤 하루든 다 좋아
내 소중한 경험이야

이 아침

죽림초 3학년 류리아

이 아침 오늘
풀잎에 맺힌
이슬방울이 또르르

새들은 눈을 뜨면
짹짹짹

벌들은 밥 먹으러
윙윙

소란스런 아침의 시작

요릿집

죽림초 3학년 류리아

우당탕탕
싹싹싹

우리집에 요란한 소리
보글보글
따뜻한 소리

우당탕탕
싹싹싹

옆집에 요란한 소리
지글지글
맛있는 소리

여름

죽림초 3학년 류리아

더워요 더워
여름이 왔어요

이리 가도 저리 가도
더워요 더워

수박을 먹어도
아이스크림을 먹어도
더워요 더워

북극에 있는 빙하가
다 녹아버릴 듯이
더워요 더워

태양처럼 뜨거운
여름이 왔어요

시간이 흐르면

똑딱 똑딱 시간이 흘러가요
시간이 흐르면
씨앗이 큰 나무로 변해
맛있는 과일들이 열려요

시간은 요술쟁이야
시간이 흐르면
우리는 자라요

씨앗이 나무가 되고
우리는 어른이 되고

요술쟁이 시간은
지금도 똑딱 똑딱

월송月松 스님

경남 통영에서 태어나 통영중·고, 경남대를 졸업하였다.

1981년 법운암에서 해담 스님을 계사로, 춘성 스님을 은사로 출가하여 월송이란 법명을 받았다. 44년을 외길로 법운암에서 주지 소임을 맡아 수행과 포교에 노력하고 있다. 또한 통영불교사암연합회 회장을 역임, 고문을 맡고 있으며 대한불교 법화종 중앙종회의원, 상벌위원회 의원, 통영경찰서 경승, 통영구치소 교정의원, 통영시 종합사회복지관 자문위원 등을 맡아 활발히 활동하고 있다. 축구를 좋아해서 미륵동우회 통영축구회의 회원으로 주말이면 운동장으로 뛰어다니는 정말 바쁜(?) 스님이다.

출가 30년을 기념하여 『스님은 왜 머리를 안 깎으세요?』라는 수필집을 펴냈으며, 『산사에서 부르는 침묵의 노래』라는 시집을 40년 기념으로 출판하였다. 2012년 교정대상 법무부 장관상, 2013년 통영시장상 등 다수의 수상경력이 있다.

산사에서 들려오는 숨어 우는 바람소리

초판 1쇄 인쇄 2025년 3월 13일 | 초판 1쇄 발행 2025년 3월 20일
지은이 월송 | 펴낸이 김시열
펴낸곳 도서출판 운주사

(02832) 서울 성북구 동소문로 67-1 성심빌딩 3층
전화 (02) 926-8361 | 팩스 0505-115-8361

ISBN 978-89-5746-868-5 03810   값 15,000원
http://cafe.daum.net/unjubooks 〈다음카페: 도서출판 운주사〉